SV

Sonderdruck
edition suhrkamp

Katharina Mommsen
Goethe und unsere Zeit

*Festrede im Goethejahr 1999
zur Eröffnung der Hauptversammlung
der Goethe-Gesellschaft im Nationaltheater
zu Weimar am 27. Mai 1999*

Suhrkamp

edition suhrkamp
Sonderdruck
Erste Auflage 1999

Erstausgabe

Druck: Nomos Verlagsgesellschaft, Baden-Baden
Umschlag gestaltet nach einem Konzept
von Willy Fleckhaus: Rolf Staudt
Printed in Germany

1 2 3 4 5 6 – 04 03 02 01 00 99

Katharina Mommsen

Goethe und unsere Zeit

Meine Herren und Damen!

Goethe und unsere Zeit – das Thema ist wichtig, denn erst wenn wir das Verhältnis Goethes zu ›unserer Zeit‹ und das Verhältnis unserer Zeit zu Goethe geklärt haben, wissen wir, was wir eigentlich tun, wenn wir uns mit Goethe beschäftigen, welchen Sinn es hat. Hat es überhaupt einen Sinn? Oder ist das, was in Deutschland und der Welt in diesem Jahr des 250. Geburtstages über Goethe gesagt und verkündet wird, nichts anderes als der Ausdruck eines abgelebten spätbürgerlichen Kulturverständnisses, das – entgegen der Zeit – an der Vorstellung festhält, daß Dichtung nun mal zur Kulturgeschichte gehört. Haben die Klassiker der Kunst die Funktion der Perlenketten übernommen, mit denen wir Frauen uns bei Konzert- und Theaterbesuchen schmücken?
Was weiß unsere Jugend von Goethe? Was ist die Vorstellung, die junge Leute von der großen Dichtung unserer Sprache haben? Das Urteil ist ziemlich eindeutig: langweilig. Langweilig, weil es nichts mit ihrem Leben zu tun hat. W a s wird ihnen w i e von Goethe beigebracht? Wie stehen die Deutschlehrer zu Goethe? Empfinden nicht die meisten von ihnen die Behandlung von Goethe-Texten in der höheren Schule als eine lästige

Verpflichtung, der sie nicht aus Überzeugung nachkommen, sondern deswegen, weil die Lehrpläne der Kultusministerien es ihnen vorschreiben? Und was hat man ihnen in den Universitäten über Goethe beigebracht? Achtung, Verständnis – oder ›kritische Distanz‹?

Wir leben ja in einem ›aufgeklärten Zeitalter‹. Unsere ›geistige Mündigkeit‹ zeigt sich darin, daß wir uns verpflichtet fühlen, kritisch-rational an die Dinge heranzugehen. Und so ›entlarven‹ wir die Verehrung, die früher den Meistern der Kunst entgegengebracht wurde, als ›unkritische Idealisierung‹ oder ›Mythisierung‹. Darauf fallen wir heute nicht mehr herein.

Unser kritischer, wissenschaftlicher, aufgeklärter Geist zermalmt dergleichen irrationalen Humbug und zeigt uns jene, die man früher einmal groß nannte, in ihrer wahren Gestalt als recht fragwürdige, eigentlich miese Charaktere.

Goethe hat – so heißt es – das Urteil einer Kindsmörderin unterschrieben, war also eine Art Freisler.

Goethe hat – so vernimmt man – die Illuminaten bespitzelt, eine Art Mielke also.

Er hat – wie behauptet wird – zur Entlassung Fichtes beigetragen, war also ein Unterdrücker freien Geistes.

Er hat – noch so eine Behauptung – andere Dichter in Untergang und Verzweiflung getrieben, war also ein herzloser, kalter Zyniker, der un-

barmherzig das Schicksal seiner Nächsten mißachtete.
Goethe hatte gar – man höre und staune – »Furcht vor dem Gedanken der Demokratie«, er war also ein Feind der Freiheit. Und so meinte ja auch Bundespräsident Herzog in seiner Frankfurter Rede über *Goethes Bedeutung für Deutschland als Kulturnation* »für unkritische Idealisierung des Menschen Goethe besteht also kein Anlaß mehr«.[1]
Die Vorwürfe, die hier vor dem deutschen Volk, der deutschen Jugend zumal, gegen Goethe erhoben werden, sind durchweg falsch und leicht zu widerlegen. Sie stammen von dem an der kalifornischen Universität Berkeley lehrenden Germanistikprofessor W. Daniel Wilson. Interessant ist nur, daß sie in eine Rede wie die des deutschen Bundespräsidenten übernommen werden. Das scheint mir charakteristisch für das Verhältnis der Deutschen ›unserer Zeit‹ zu ihrem geistigen Erbe zu sein. Es ist eine deutsche Spezialität. In anderen Ländern – z.B. Frankreich, England, Polen, Rußland, Italien, Japan, Korea und auch Amerika – ist so etwas nicht vorstellbar. Unser Selbstbewußtsein beruht darauf, daß wir uns weigern zu ›verehren‹. Es widerspricht unserer kritischen Grundeinstellung.
Goethe selbst verhielt sich da anders gegenüber Großen, etwa zu Shakespeare:

…Einen Einzigen verehren
Wie vereint es Herz und Sinn!…
Lida! Glück der nächsten Nähe,
William! Stern der schönsten Höhe,
Euch verdank' ich was ich bin …[2]

Verehrung und Dankbarkeit ist das, was Goethe gegenüber Shakespeare und andern Großen im Reich des Geistes empfindet. Dergleichen Gefühle haben wir abgeschafft. An der Vereinigung von »Herz und Sinn« in der Verehrung eines großen Menschen ist uns nichts mehr gelegen. Unser Selbstbewußtsein beruht ja gerade darauf, daß wir uns weigern zu ›verehren‹. Es widerspricht unserer kritischen Grundeinstellung.
Und wenn ich es richtig sehe, dann sind unsere höchsten Werte: die Wissenschaft und die Demokratie.
Untersuchen wir also Werk und Leben Goethes nach diesen höchsten Werten.
Ist seine Art, Wissenschaft zu betreiben, nicht ganz und gar unmodern? Seine Abneigung gegen die Mathematik z.B., auf der alle modernen Kommunikationstechnologien unserer Zeit beruhen, ist, wie deren Erfolg beweist, unzeitgemäß.
War Goethe nicht sein Leben lang gegen demokratische Revolutionen? Können wir, gute Demokraten, die wir sind, in politischer Hinsicht etwas von ihm lernen? Bundespräsident Herzog

hat uns gesagt: »in politischen Tagesfragen« könne Goethe uns nicht helfen. Seine Welt sei uns »fern«. Übrigens eine merkwürdige Argumentation. Im nächsten Jahr feiern wir den 2000. Geburtstag von Jesus Christus. Ist dessen Welt nicht noch beträchtlich ferner? Und Platon – der ist ja noch einmal ein Halbjahrtausend ferner!

Wir stellen also, auf der Höhe der Menschheitsentwicklung stehend, die Frage nach der ›Relevanz‹ Goethes für ›unsere Zeit‹. Gewöhnlich lautet die Antwort auf diese Frage: Da ist nicht viel. Wir sind in fast jeder Hinsicht über Goethe hinausgewachsen.

Gleichwohl gibt es eine große Fülle von Goethe-Literatur. Goethe, das muß man ihm neidlos zugestehen, setzt ja einige Divisionen von Germanisten in Brot und Arbeit. Man ist eigentlich kein ernstzunehmender Germanist, solange man nicht seinen Senf zu Goethe produziert. Das gehört einfach dazu. Und diese Literatur wird hauptsächlich wiederum von Literaturwissenschaftlern gelesen und in Fachzeitschriften rezensiert. Goethe findet fast nur noch in der Literaturwissenschaft statt.

Aber sind die zentralen Fragen, die ›unsere Zeit‹ an Goethe wie an das gesamte sogenannte ›kulturelle Erbe‹ stellen muß, nämlich die Fragen nach den Mächten, die unser Denken bestimmen, die Frage nach Goethes Verhältnis zur Wissenschaft, wie wir sie verstehen, die Frage nach

Freiheit und Demokratie, wie wir sie verstehen, schon einmal untersucht worden? Gibt es ein Buch, das sich mit dem Thema »Goethe und die Demokratie« ernsthaft auseinandersetzt? Ich kenne keines. Das ist sehr seltsam und wiederum auch nicht. Dies Thema wird wohl hauptsächlich deshalb nicht bearbeitet, weil das Ergebnis von vornherein festzustehen scheint: daß Goethe kein Demokrat war und folglich uns auch zur Demokratie nichts zu sagen hat. Und ein weiterer Grund liegt wohl darin, daß die Literaturwissenschaft sich scheut, politische Fragen aufzugreifen. Sie hat sich allzuoft daran die Finger verbrannt. (Ich persönlich bin sehr froh darüber, daß wir uns bei dieser Feier nicht die neuesten Parteitagsbeschlüsse der KPdSU oder der SED zum »sozialistischen Realismus« anzuhören brauchen.)

Das Verhältnis der deutschen Politik zum deutschen Geist ist nun einmal ein besonders trübes Kapitel deutscher Geschichte. Den dümmsten Parolen und Ideologien ist sie nachgerannt: Nationalismus, Liberalismus, Nationalsozialismus, Rassismus, Kommunismus etc. etc. Um den deutschen Geist hat sie sich nie gekümmert.

Aber die Demokratie ist nun einmal nach unserer Überzeugung die humanste Form staatlich-menschlichen Zusammenlebens. Und die Frage ist: Wie verhält sich die Humanität der Demokratie zur Humanität Goethes?

An dieser Stelle muß ich ein Bekenntnis ablegen: Meine lebenslange Beschäftigung mit Goethe hat mich zweierlei gelehrt, was mir gegen Ende meines Lebens als das Wesentlichste erscheint: staunende Bewunderung, ja ich scheue mich nicht zu sagen Demut und – Dankbarkeit! Je tiefer ich in Goethes Welt eindrang, desto mehr wurde ich mir meiner eigenen Begrenztheit bewußt. Ja, ich gehe so weit zu sagen, daß sich mein Selbstbewußtsein darauf gründet, daß ich meine, heute in der Lage zu sein, den sehr großen Abstand deutlich zu erkennen, der meinen Geist und meine Menschlichkeit von Goethes Geist und Menschlichkeit trennen. In dieser Erkenntnis fühle ich mich, auch das muß ich bekennen, ziemlich allein. Ich kann mich nicht genug über die Selbstsicherheit wundern, mit der in der Forschung und Politik über Goethe geurteilt wird. Da wird z.B. behauptet, daß Goethe im Nachkriegsdeutschland »weit über seine künstlerisch-schriftstellerische Bedeutung hinaus« verehrt worden sei!
Die Weltbedeutung des Schriftstellers Goethe ist in den Gedenkjahren 1932 und 1949, also unmittelbar vor und nach der Nazizeit, von großen geistigen Persönlichkeiten in der ganzen Welt anerkannt und gepriesen worden.[3] Zum Beispiel schrieb André Suarès, der durchaus kein besonderer Freund der Deutschen war, 1932 ein Buch mit dem Titel *Goethe, le Grand Européen*. Und

anschließend schrieb er gar einen Aufsatz *Goethe – l'Universel.* Der erste Satz des erwähnten Buches heißt: »*Goethe ist der größte Europäer.*« Dann fährt Suarès fort: »*Es gibt kein Heil für Europa als im Geiste Goethes. Aber es ist nicht möglich, daß dieser Geist erlischt, weil er der Geist Europas selber ist und weil Europa nichts als ein leeres Wort wäre – ohne ihn.*«[4]

Auch andere sehr bedeutende Männer und Frauen verschiedenster Nationalität rühmten Goethe, wie er kaum je in Deutschland gepriesen wurde. Zu ihnen gehörten: Romain Rolland, André Gide[5], Paul Valéry[6], Salvador de Madariaga, Gabriela Mistral, Benedetto Croce, Sir Sarvepalli Radhakrishnan, Alfonso Reyes, Léopold Sedar Senghor, Stephen Spender, Taha Hussein Bey, Karel Capek, Jaroslaw Iwaszkiewicz, Carl J. Burckhardt, Albert Schweitzer, Georg Lukács und viele andere mehr. Deutschland hatte in jenen zwölf furchtbaren Jahren seine Ehre verloren. 1949 gab es nur einen Namen, der Deutschlands Ehre in der Welt vertrat: Johann Wolfgang von Goethe. Und freudig haben sich die größten Vertreter der Welt des Geistes vor diesem Namen in Ehrfurcht verneigt.[7] Die Weltbedeutung Goethes zu bestimmen ist Sache der Welt, der geistigen Welt, und nicht Sache kurzsichtiger Professoren und Politiker.

Dankbarkeit: Der lebenslange Umgang mit Goethe hat mein Leben unendlich bereichert.

Ich sage: mein Leben (nicht nur mein Wissen und meine Kenntnisse) – d. h., die Sicht meiner selbst, der Menschen, der Gesellschaft, der Poesie, der Kunst, der Natur, der Politik. Jeder Bereich des Lebens wird durch Goethes Werk geöffnet, wird klarer, heller, lebendiger.
Goethe und unsere Zeit. Ist unsere Zeit überhaupt noch in der Lage, vor irgendeiner Leistung ›Demut‹ zu empfinden, ›Dankbarkeit‹ zu empfinden? Oder widersprechen diese Gefühle, die früher einmal Tugenden waren, unserer ›kritischen Mündigkeit‹?
Wissenschaft und Demokratie – das sind sicherlich hohe, zu bewahrende Werte. Und wir tun recht daran, unsere Zukunft auf diese Werte aufzubauen. Unsere Zukunft wird um so sicherer sein, je verantwortlicher wir mit diesen Werten umgehen.
Wissenschaft und Demokratie haben etwas Gemeinsames: Es gehört zum Wesen beider, sich selbst immer wieder in Frage zu stellen. Das hängt damit zusammen, daß beide in einem skeptischen Verhältnis zur Wahrheit stehen. Die Wissenschaft weiß, daß ihre Ergebnisse immer nur vorläufig sind. Sie sagt nicht: das ist so, sondern: soweit wir es bis jetzt erkennen, ist dieses und jenes so oder so. Die Demokratie gar setzt an die Stelle der Wahrheit die Mehrheit. Sie verhält sich so, als ob die Auffassung der Mehrheit die Wahrheit wäre. Wer anderer Auffassung ist,

muß für diese Auffassung werben, bis er eben die Mehrheit bekommt. Dieser Skeptizismus im Hinblick auf die Wahrheit machen Wissenschaft und Demokratie zu geschworenen Feinden aller Ideologien, die ja stets mit einem absoluten Wahrheitsanspruch auftreten. Und so können wir ja auch allgemein beobachten, daß in den Demokratien selbst politische Entscheidungen mit wissenschaftlichen und immer weniger mit ideologischen Argumenten begründet werden.
Das Absterben der Ideologien – ein großer Menschheitsfortschritt – hat aber nun zur Folge, daß das abstrakte wissenschaftliche Denken zum alleinigen Richter der Realität geworden ist. Um nur ein Beispiel zu geben: In der Diskussion um das ›Global Warming‹ berufen sich diejenigen Politiker, die mit erkennbarem Selbstinteresse nichts gegen die Erwärmung der Erdatmosphäre unternehmen wollen, darauf, es sei ›nicht wissenschaftlich erwiesen‹, daß es eine solche Erwärmung überhaupt gebe und daß, selbst wenn es sie gäbe, sie mit dem Verhalten der Menschen zusammenhänge. Dahinter steht die These: Nur das wissenschaftlich Erwiesene sei eine tragfähige und unantastbare Grundlage politischer Entscheidung.
Verfallen wir da nicht einer Wissenschaftsgläubigkeit, die direkt zur Ideologie führt? Müssen wir nicht anfangen, die Gefahren zu sehen, wenn wir die Wissenschaft, das abstrakte Denken, zur alleinigen Hüterin der Wahrheit machen?

Johann Gottlieb Fichte schrieb in einem Brief an Goethe: *»Verehrungswürdiger Mann! […] So lange hat die Philosophie ihr Ziel noch nicht erreicht, als die Resultate der reflektierenden Abstraktion sich noch nicht an die reinste Geistigkeit des Gefühls anschmiegen. Ich betrachte Sie und habe Sie immer betrachtet als den Repräsentanten der letzten auf der gegenwärtig errungenen Stufe der Humanität. An Sie wendet mit Recht sich die Philosophie: Ihr Gefühl ist derselben Probierstein.«* [8]
Fichte nannte seine Philosophie bekanntlich ›Wissenschaftslehre‹. Er wollte damit ausdrükken, daß aller Wissenschaft die Denkstrukturen der Philosophie zugrunde liegen müßten. Und er nennt nun die »Geistigkeit des Gefühls« den Prüfstein reflektierender Abstraktion. »Geistigkeit des Gefühls« dürfen wir ruhig mit Goethes Definition des »Geistes« gleichsetzen:

Denn das Leben ist die Liebe
Und des Lebens Leben Geist. [9]

Das ist der Geist, der die Poesie bestimmt. Ein wissenschaftliches Ergebnis, das diesem Geist widerstreitet, muß, so glaubt Fichte, falsch sein. Der poetische Geist zeigt also der reflektierenden Abstraktion die Richtung an, in der sie sich zu bewegen hat, wenn sie nicht in die Irre gehen soll.

Treiben wir nicht richtungslos auf einem Meer von Forschungsergebnissen, z.B. in der Genetik und der Gen-Technologie? (Ist es nicht bezeichnend, daß die Forscher auf diesem Gebiet plötzlich auf die Vermeidung von Erbkrankheiten, von Krebs etc. verweisen, wenn es um die Begründung der Forschung geht, während sie deren mögliche Schäden systematisch verschweigen?)

Braucht die Wahrheit der Wissenschaft nicht eine Rückbindung an eine höhere humane Wahrheit? Das scheint mir eine zentrale Frage unserer Zeit zu sein. Goethe war es, der eine Naturwissenschaft zu begründen versuchte, die vom Geist der Liebe zu Mensch, Natur und Gott durchdrungen war.

Sollen wir unsere Zukunft allein auf die ›abstrahierende Reflexion‹ bauen? Wohin treiben wir da? Verliert die Wissenschaft ihre Würde, wenn sie bewußt dem Humanum dient? Oder besteht ihre Würde darin, unbekümmert um das Humane, um »die reinste Geistigkeit des Gefühls«, ihre abstrakte Wahrheit zu suchen? Das ist eine Entscheidungsfrage. Sie wird vom Dichter und Naturforscher Goethe an den ideologischen Wahrheitsanspruch der heutigen Wissenschaft gestellt. Wir müssen eine Antwort darauf finden, die wir vor der Zukunft der Menschheit zu verantworten haben.

›Goethe und die Demokratie‹. – Der einzige, der sich meines Wissens mit diesem Thema ernsthaft auseinandergesetzt hat, ist Thomas Mann, der mit gleicher geistiger Leidenschaft Goethe und der Demokratie ergeben war.[10] Er hat im Jahre 1949 in Zürich einen Vortrag mit eben diesem Titel *Goethe und die Demokratie*[11] gehalten. Warum in Zürich? Weil er auf die demokratische Substanz der Schweizer vertraute, deren er bei den Deutschen noch keineswegs sicher war. Thomas Mann zitiert das Gedicht *Das Göttliche* (*»Edel sei der Mensch, / Hülfreich und gut ...«*) und fährt dann fort: *»Habe ich Unrecht, in diesen Versen den höchsten Ausdruck aller Demokratie zu sehen?«* Goethe hat die amerikanische Revolution eine *»Erleichterung für die Menschheit«* genannt. Thomas Mann kommentiert: *»ein demokratischer empfundenes Wort gibt es nicht.«* Der große amerikanische Philosoph Ralph Waldo Emerson hat Goethe mit Benjamin Franklin verglichen. Der amerikanische Dichter Henry Wadsworth Longfellow hat das ebenfalls getan. Ernst Beutler und Ekkehart Krippendorff haben die geistige Verwandtschaft zwischen Goethe und Thomas Jefferson hervorgehoben.[12] Goethe führte den jungen Herzog in die Schweiz, damit er dort lerne, wie ein Staat menschlich zu regieren sei. Er veröffentlichte den großartigen Bericht seines Zöglings Prinz Bernhard über dessen Reise durch die USA, in

dem die damals noch jungen demokratischen Institutionen des Landes mit Bewunderung beschrieben werden. In *Wilhelm Meisters Wanderjahre*, einem Auswanderer-Roman, legte Goethe sein geistiges Vermächtnis nieder. Und wohin geht die Reise? Ins freie Amerika! ›Furcht vor dem Gedanken der Demokratie‹? Hier scheint doch einiges korrekturbedürftig zu sein.
Aber Goethe war doch gegen Revolutionen? Ja, das ist richtig. Aber war er deswegen gegen ›den Gedanken der Demokratie‹? Und ist die Demokratie denn für Revolutionen? Wünschen die westlichen Demokratien ernsthaft eine demokratische Revolution im heutigen China, mit den voraussehbaren Millionen von Toten, die mit einer solchen Revolution notwendig verbunden wären?
Goethe hat die alten Demokratien Venedig, England, die Schweiz, die Niederlande geachtet und bewundert. Warum? Weil in diesen Staaten das demokratische Bewußtsein in Jahrhunderten organisch gewachsen war. Er war gegen Revolutionen und Krieg, weil er gegen jede Art von Gewalt war. Ist diese Abneigung gegen Gewalttätigkeit nicht ein zutiefst demokratischer Zug in seinem Wesen?
Endeten nicht alle durch Revolutionen übereilt eingeführten Demokratien in Bürgerkrieg und Gewalt? Die blutige Französische Revolution fiel zunächst in die Hände Robespierres und an-

schließend in die Diktatur Napoleons; danach wieder Monarchie, 1830 Revolution, Bürgerkönigtum und wieder Revolution, die im 2. Kaiserreich endete. In Rußland führte die Oktoberrevolution zur Diktatur Lenins und Stalins. Portugal fiel in die Hände Salazars, Spanien nach einem grausamen Bürgerkrieg in die Hände Francos. Zaghafte Demokratieversuche in Italien endeten in der Diktatur Mussolinis. In Deutschland führte die Einführung der Demokratie zu bürgerkriegsähnlichen Zuständen und endete in der grauenvollen Diktatur Hitlers. Um 1960 wurden die meisten Kolonien Afrikas in die demokratische Unabhängigkeit entlassen. Ein allgemeines Morden begann, das bisher noch nicht beendet ist. Hatte Goethe denn gar so unrecht, wenn er um 1790, um 1815, um 1830 die Einführung der Demokratie in Deutschland für unverantwortlich hielt? War ein Volk, das noch 1933 bis 1945 der Parole »Führer befiel, wir folgen« gehorchte, 150 Jahre früher reif für die Demokratie? Da gibt es doch ganz erhebliche Zweifel.

Die Weimarer Republik, woran ist sie denn gescheitert?[13] Ist sie nicht hauptsächlich daran gescheitert, daß es in ihr zu wenig Demokraten, zu wenig wirklich freie Menschen gab, so daß ein großer Teil dem ›Führer‹ und ein anderer großer Teil einer abstrakten Ideologie hinterherlief, beide von tiefem Haß auf die Demokratie erfüllt?

Muß die Freiheit nicht erst in Menschen gewachsen sein, bevor eine freiheitliche Verfassung funktionieren kann? Hier stehen wir vor dem Kern der Frage Goethe und die Demokratie: Was hat Goethe für das Wachstum der Freiheit in den Menschen geleistet? Er selbst hat von sich bekannt:

»Wenn ich aber aussprechen soll, was ich den Deutschen überhaupt [...] geworden bin, so darf ich mich wohl ihren Befreyer nennen; denn sie sind an mir gewahr geworden, [...] wie der Mensch von innen heraus leben [...] müsse.«[14]

Goethe – der Befreier der Deutschen – den Titel hat er von Simón Bolívar, dem Libertador, übernommen, der die Sklaverei in Südamerika abgeschafft hat. Und nun gilt es doch einmal herauszufinden, wer für das Wissen darüber, was ›Freiheit‹ ist und meint, mehr getan hat: Goethe oder der Student Sand, der Kotzebue ermordet hat, oder Karl Marx? Wer hat denn die Demokratie in den Menschen vorbereitet?

Die Revolutionäre oder Männer wie Scharnhorst und Gneisenau mit der preußischen Heeresreform, wie Wilhelm von Humboldt mit der Gründung der Berliner Universität, wie der Freiherr vom Stein mit Bauernbefreiung, Gemeinde- und Kreisreform im Sinne der Selbstverwaltung. Alle diese Männer waren Verehrer Goethes und haben, wie Goethe, einem Fürsten, hier dem König von Preußen, gedient! Aber mindert das ihre großartigen Verdienste um die Vorbereitung einer wahren deutschen Demokratie? Alexander von Humboldt, der Freund Simón Bolívars und Thomas Jeffersons, zeitlebens ein glühender Demokrat, hielt es nicht für unter seiner Würde, Kammerherr des preußischen Königs zu sein. Es ist übereilt, von einem Amt in einer Monarchie auf die Gesinnung eines Menschen zu schließen. Der Freiherr vom Stein wußte, daß sein Wirken für die Freiheit des Volkes einen Verbündeten ganz sicher brauchte: Goethe. Er wußte, daß alles staatliche Handeln nichts taugt, wenn es nicht vom Geist getragen ist. Und Goethe hat ihm die Hand gereicht. Die Steinsche Politik, das war für ihn die Politik, die in die Freiheit führte. Bevor das Volk einen Staat regierte, schien es ihm notwendig, daß es lernte, die Angelegenheiten der eigenen Gemeinden und Kreise zu regeln.

Alles menschliche muß erst werden und wachsen und reifen,
Und von Gestalt zu Gestalt führt es die bildende Zeit.[15]

Das erschien Goethe vernünftiger, menschlicher, ›organischer‹, als mittels einer gewaltsamen Revolution die Monarchie abzuschaffen und eine Demokratie einzuführen, in der es – keine Demokraten gab. Doch Goethe hielt es für seine Pflicht, die Saat der Freiheit in seinem Volke auszusäen:

Erwachsne gehn mich nichts mehr an,
Ich muß nun an die Enkel denken.[16]

Das ist auch so ein Vers Goethes, von dem demokratische Politiker lernen könnten: statt nur an die nächste Wahl, ans Wohl der Enkel zu denken.

Goethes Werk ist nicht zuletzt ein »Liebewerk« für sein Volk, im stillen geschaffen;[17] es enthält keine politischen Proklamationen, scheint mir aber gerade deshalb, auch in politischer Hinsicht, haltbarer, solider als *Das Kommunistische Manifest*, das in den Geschichtsbüchern einen so weiten und zentralen Raum einnimmt. Und die schlichte Tatsache, daß schier niemand auf seiten des Staates und der Literaturwissenschaft den gewaltigen und fundamentalen Beitrag Goethes für unsere Begriffe von der »Würde des Menschen«, der »freien Entfaltung der Persönlichkeit«, der »Freiheit der Person«, Begriffe, auf denen jede Demokratie ruht bzw. ruhen sollte, überhaupt zur Kenntnis genommen hat, zeigt auf betrübliche Weise, wie flach das demokratische Denken bei uns immer noch ist.

Demokratie wird noch immer allzusehr als ein Regelwerk von Paragraphen, Institutionen und Mechanismen verstanden. Demokratische Gesten, ohne jegliche Substanz wie das Hambacher Fest oder die Ermordung Kotzebues, werden als gloriose Vorläufer der Demokratie gefeiert, während Goethe als Befreier weder von den Politikern noch den Literaturwissenschaftlern, noch den Historikern zur Kenntnis genommen wird:

Ihr könnt mir immer ungescheut,
Wie Blüchern, Denkmal setzen;
Von Franzen hat er euch befreit,
Ich von Philister-Netzen.[18]

Es gibt auch einen ›Geist der Demokratie‹, es sollte ihn zumindest geben. Doch von ihm ist in der Demokratie-Diskussion allzuwenig die Rede. Goethe ging es nicht um leere Freiheitsgesten oder um Paragraphen und Institutionen. Letztere schienen ihm nur so viel wert zu sein wie die Menschen, die sie anwendeten oder handhabten. Ihm ging es um den freien Geist des Menschen, den er als das Ziel der Schöpfung pries.

Wenn der freie Geist des freien Menschen die Grundlage und die höchste Aufgabe des demokratischen Staates ist, dann hat Goethe durch sein Leben und seine Werke mehr dafür getan als jeder andere Deutsche. Es ist unmöglich, eine Geschichte des freien deutschen Geistes zu schreiben, ohne der Befreiungstaten Goethes zu gedenken.

Und so finden wir diesen Geist Goethes ja auch in der deutschen Verfassung wieder. Deren erste zwei Sätze lauten: *Die Würde des Menschen ist unantastbar. Sie zu achten und zu schützen, ist Verpflichtung aller staatlichen Gewalt.* (Sollte das nicht eigentlich auch im Verhältnis des Staates und seiner Vertreter zur Würde Johann Wolfgang von Goethes gelten? Nicht deswegen, weil er ein bedeutender Schriftsteller war, sondern weil er ein Mensch war?!)

Was aber ist denn nun diese »Würde des Menschen«? Geben Grundgesetzkommentare darüber genügende Auskunft? Ist das eine Frage nur des Verfassungsrechts? Belehren uns Soziologen und Psychologen ausreichend darüber, Philosophen? Sie alle haben uns Wichtiges darüber zu sagen. Aber ich meine, es sind unsere großen Dichter und ihre Werke, in denen »die Würde des Menschen« am umfassendsten, am sichersten und am glaubhaftesten aufgehoben ist. Wenn ein Deutscher wirklich wissen will, was das ist, die »Würde des Menschen«, dann lese er die Werke Goethes. Dort wird er es erfahren, besser, tiefer als irgendwo sonst.

Artikel 2 des Grundgesetzes spricht von der *»freien Entfaltung der Persönlichkeit«*. Nun, wer erfahren will, was das ist, eine Persönlichkeit, die sich frei entfaltet, der schaue sich Werk und Leben Goethes an. Er hat seinem Volk und der Welt in dieser Hinsicht ein wahrhaft ewiges und unerreichtes Vorbild gesetzt. Ihm kam es darauf an, die »Pyramide seines Daseins« so hoch wie möglich hinaufzuspitzen.[19] Und das ist ihm wie wenigen anderen gelungen. Er war ein in jeder Hinsicht überbegabter Mensch. Er hatte vom

Schöpfer die zehn Talente bekommen. Aber am Ende seines Lebens hatte er nicht nur 20, sondern 30 daraus gemacht. Menschen, die so mit ihrem Pfunde wuchern, hat Christus als vorbildlich gepriesen.[20]

Artikel 2 des Grundgesetzes spricht ferner von der *»Freiheit der Person«*. Auch über diesen Begriff kann Goethes Leben und Werk erschöpfende Auskunft geben. Sein Geist war souverän, war niemandem untertan. Er dachte mit seinem eigenen Kopf, keiner Zeitströmung oder Mode unterworfen. Er diente seinem Fürsten und seinem Staat, weil sie ihm eben diese Freiheit, er selbst zu sein, garantierten. Und dieser Dienst war für ihn keine Nebenbeschäftigung. Er widmete ihm die besten Kräfte seines Geistes und einen großen Teil seiner Zeit. Aus Dankbarkeit. ›Freiheit‹ war für ihn nicht denkbar ohne Dienst an der Gemeinschaft. Er war ein vorbildlicher ›Bürger‹ seines Staates. *»Sich frey zu erklären«*, sagt Goethe, *»ist eine große Anmaßung; denn man erklärt zugleich daß man sich selbst beherrschen wolle [...]«*[21] Auch hier könnten die Demokraten eine Menge von ihm lernen. Begreifen sie die demokratische Freiheit denn wirklich als Pflicht zum Dienst an der Gemeinschaft, wie es Goethe tat? Wird unsere Jugend in Elternhaus, Schule und Universität in diesem Sinne erzogen? Nehmen wir nicht ›Freiheit‹ einfach nur hin als eine banale Selbstverständlichkeit, die uns zu nichts verpflichtet?

Artikel 3 des Grundgesetzes spricht von der *»Gleichheit«* aller Menschen vor dem Gesetz. Hierzu hat Goethe, der angebliche Anti-Demokrat, ein sehr nachdenkenswertes Wort gesagt: *»In der Gesellschaft sind alle gleich. Es kann keine Gesellschaft anders als auf den Begriff der Gleichheit gegründet seyn, keineswegs aber auf den Begriff der Freyheit. Die Gleichheit will ich in der Gesellschaft finden, die Freiheit nämlich die sittliche daß ich mich subordiniren mag bringe ich mit.«*[22] Ein Staat ist für ihn also nur in dem Maße wirklich frei, in dem seine Menschen bereit sind, sich dem Gemeinwohl unterzuordnen. Das ist, zugegeben, ein sehr strenger Freiheitsbegriff, von dem in den bisherigen Demokratie-Lehrbüchern nun wirklich gar nichts zu finden ist. Bei Goethe ist die Freiheit offenbar sehr viel mehr als eine zu nichts verpflichtende Parole. Er drängt auf die Substanz der Freiheit:

Nur der verdient sich Freiheit wie das Leben,
Der täglich sie erobern muß.[23]

Und dieser Satz gilt in jeder Staatsverfassung, auch in einer Demokratie. Wie wäre es, wenn die Demokratie bei Goethe einmal in die Schule ginge, um sich etwas von der Substanz der Freiheit einzuverleiben, statt sich in eitlem Dünkel überlegen zu glauben, nur weil sie das Wort ›Freiheit‹ ständig im Munde führt, wohinter sich nur allzuoft der krasseste Egoismus verbirgt?

»Würde des Menschen«, »freie Entfaltung der Persönlichkeit«, »Freiheit der Person« – das sind die Grundwerte der Demokratie, wenn man denn der deutschen Verfassung glauben soll. Und da haben nun die Deutschen das große Glück, in Goethe ein Vorbild zu besitzen, das diese Werte wie kaum ein zweiter in der Neuzeit verkörpert. Deswegen ist es nötig, daß die Jugend mit Leben und Werk Goethes vertraut gemacht wird. Deswegen braucht die Demokratie Goethe, deswegen kann sie nicht auf ihn verzichten.

1830 behauptete Goethe gegenüber dem Kanzler von Müller aus voller Überzeugung: *»Wer ist denn noch heutzutage ein Christ, wie Christus ihn haben wollte? Ich allein vielleicht, ob ihr mich gleich für einen Heiden haltet.«*[24]

Mir scheint es sehr möglich, daß er auf den in unserer Zeit erhobenen Vorwurf, er sei ein Antidemokrat mit gleichem Recht, antworten würde: »Wer von euch ist denn ein Demokrat, wie ihn das Grundgesetz haben will? Ich allein vielleicht, ob ihr mich gleich für einen Antidemokraten haltet.«

Und eben deswegen, weil er der vielleicht einzige wahre Demokrat in seinen Tagen war, war er gegen die gewaltsame Einführung der Demokratie durch eine Revolution und mußte es sein. Denn es ging ihm nicht um die Durchsetzung einer Freiheits-Ideologie, sondern darum, sein Volk von innen zu befreien, aus Untertan-Seelen und Befehlsempfängern wirklich freie Menschen zu machen.

Goethe hat den Sinn seines Werkes im Triumph des ›Rein-Menschlichen‹ gesehen. Ist dies nicht auch der letzte Sinn aller Demokratie? Anstatt Goethe anzuschwärzen, sollte die deutsche Demokratie ihn als ihren wichtigsten Verbündeten betrachten. Der Triumph des ›Rein-Menschlichen‹, er konnte nur einem Menschen gelingen, dessen Seele keine Sekunde dem sinnlos Bösen hörig war, wie es Hans Carossa in seiner trefflichen Rede von 1938 formuliert hat.[25]

Über Goethes Charakter ist in letzter Zeit allzuviel Dummes und böswilliges Zeug gesagt und geschrieben worden. All das wird durch einen Brief Schillers an die Gräfin Charlotte von Schimmelmann vom 23. November 1800 weggefegt. Schiller preist darin zuerst den Dichter: *»Nach meiner innigsten Überzeugung kommt kein anderer Dichter ihm an Tiefe der Empfindung und an Zartheit derselben, an Natur und Wahrheit und zugleich an hohem Kunstverdienste auch nur von weitem bei. Die Natur hat ihn reicher ausgestattet als irgend einen, der nach Shakespeare aufgestanden ist.«* Dann kommt Schiller auf den Naturforscher Goethe zu sprechen: *»außer diesem, was er von der Natur erhalten, hat er sich durch rastloses Nachforschen und Studium mehr gegeben als irgend ein an-*

derer. Er hat es sich 20 Jahre mit der redlichsten Anstrengung sauer werden lassen, die Natur in allen ihren drei Reichen zu studieren [...]. Welcher von allen Dichtern kommt ihm in solchen gründlichen Kenntnissen auch nur von ferne bei!« Danach kommt Schiller auf den Staatsdiener zu sprechen: *»Und doch hat er einen großen Teil seines Lebens in Ministerialgeschäften aufgewendet, die darum, weil das Herzogtum klein ist, nicht klein und unbedeutend sind.«* –

Ein großer Dichter also, und ein Mensch, der große Teile seiner Zeit und Kraft der Suche nach der Wahrheit und seinen Mitmenschen als Staatsdiener widmet. Das ist ja eigentlich schon eine ganze Menge; es steckt auch eine ganze Menge Menschliches darin, menschlich Achtungswürdiges und Respektheischendes. Aber damit läßt Schiller es nicht bewenden. Er fährt fort: *»Aber diese hohen Vorzüge seines Geistes sind es nicht, was mich an ihn bindet. Wenn er nicht als Mensch für mich den größten Wert von allen hätte, die ich persönlich je habe kennen lernen, so würde ich sein Genie nur in der Ferne bewundern. Ich darf wohl sagen, daß ich in den sechs Jahren, die ich mit ihm zusammen lebte, auch nicht einen Augenblick an seinem Charakter irre geworden bin. Er hat eine hohe Wahrheit und Biederkeit in seiner Natur und den höchsten Ernst für das Rechte und Gute; darum haben sich Schwätzer und Heuchler und Sophisten in seiner*

Nähe immer übel befunden. Diese hassen ihn, weil sie ihn fürchten, und weil er das Flache und Seichte im Leben und in der Wissenschaft herzlich verachtet und den falschen Schein verabscheut, so muß er in der jetzigen bürgerlichen und literarischen Welt notwendig es mit vielen verderben.«[26]

Dies ist das schönste Zeugnis über den Charakter Goethes, das Zeugnis eines Mannes von unbestreitbar herrlichem Charakter nach sechs Jahren intensivsten Zusammenlebens. Man möge es mir nicht verübeln, wenn ich den Geist, das Urteilsvermögen, den Charakter und die Goethe-Kenntnis Schillers höher einschätze als die entsprechenden Eigenschaften von Herrn Professor Wilson und anderen.

Friedrich Schelling sprach, als er vom Tode Goethes erfuhr, die Worte: *»Der Mann entzieht sich [...], der in allen innern und äußern Verwirrungen wie eine mächtige Säule stand, an der viele sich aufrichteten, wie ein Pharus, der alle Wege des Geistes beleuchtete; der, aller Anarchie und Gesetzlosigkeit durch seine Natur feind, die Herrschaft, welche er über die Geister ausübte, stets nur der Wahrheit und dem in sich selbst gefundenen Maß verdanken wollte; in dessen Geist und, wie ich hinzufügen darf, in dessen Herzen Deutschland für alles, wovon es in Kunst oder Wissenschaft, in der Poesie oder im Leben, bewegt wurde, das Urteil väterlicher Weisheit, eine* *letzte versöhnende Entscheidung zu finden sicher war. Deutschland war nicht verwaist, nicht verarmt, es war in aller Schwäche und inneren Zerrüttung groß, reich und mächtig von Geist, so lange Goethe – lebte.«*[27]

Meine Herren und Damen, es liegt an uns, es liegt am deutschen Volk, es liegt an Europa, es liegt an der Welt, ob Goethe lebt oder nicht. Lassen wir nicht zu, daß er von Unkundigen mit Dreck beworfen und verunglimpft wird. Tun wir das Unsere, um sein Vermächtnis lebendig zu erhalten. Ein Volk, das seine wahrhaft großen Geister nicht ehrt, hat keine Zukunft. Lehren wir unsere Jugend, auf Goethe mit der Achtung und, wenn irgend möglich, mit der Liebe zu schauen, die er wie wenige andere Deutsche verdient.

Ich rate nicht dazu, auf Goethe stolz zu sein. Die deutsche Geschichte hat ihn allzuoft verraten.

Aber es besteht durchaus Anlaß dazu, ihm für sein Werk und sein Beispiel dankbar zu sein.

Es besteht Anlaß dazu, sich dieses Werks und dieses Beispiels von ganzem Herzen zu freuen.

Freuen wir uns über ihn, preisen wir ihn, der vor 250 Jahren der Welt ›verliehen‹ wurde!

Anmerkungen

1 Eröffnungsvortrag einer von der Stadt Frankfurt und der *FAZ* veranstalteten Vortragsreihe zum Goethejahr im Kaisersaal des Frankfurter Römers am 14. April 1999.

2 *Zwischen beiden Welten*, Frankfurter Ausgabe (FA) I 2, 473 f.

3 Die Nazi-Diktatur wurde ja eingerahmt von zwei Goethe-Jahren – 1932 und 1949 –, ein Jahr vor Hitler und das erste Jahr des neuen deutschen Staates. Im Jahre 1932 kamen im Goethe-Haus zu Frankfurt achtzehn große Europäer zusammen, um den Geist Goethes gegen die heraufkommende Barbarei zu beschwören – unter ihnen Karel Capek, Salvador de Madariaga, Thomas Mann, Gilbert Muraya, Ugo Ojetti und Paul Valéry. Im Jahre 1949 – die beiden deutschen Staaten waren gerade erst gegründet – gab die UNESCO einen Sonderband *Goethe, Hommage de l'Unesco* in Paris heraus, der auch in englischer Sprache erschien: *Goethe, Unesco's Hommage On The Occasion Of The Two-Hundredth Anniversary Of His Birth*, Paris 1949. Dieser Band enthielt die erstaunlichsten Beiträge aus aller Welt. Geistesgrößen aus Ägypten, Chile, Deutschland, England, Frankreich, Indien, Italien, Polen, Mexiko, Nordamerika und der Schweiz trugen dazu bei: Staatsmänner, Dichter, Schriftsteller, Gelehrte, die dem Auseinanderfallen der Welt Einhalt gebieten wollten, indem sie Goethe ehrten als eine Erscheinung, die der Menschheit Ehre macht. Der Generaldirektor Jaime Torres Bodet feierte Goethe im Vorwort S. X als »großen Europäer« und als »universalen Geist«. Der Vertreter Polens, Jaroslaw Iwaszkiewicz, Président of the Fédération internationale des Sociétés de Gens de Lettres, erklärte Goethe zum »Präsidenten Europas« (*The President of Europe*; a.a.O., S. 49-60). Der Londoner Dichter und Essayist Stephen Spender betitelte seine Goethe-Laudatio *The Last Prince of Poets*; der Neapolitaner Benedetto Croce klagte in seinem Beitrag die Deutschen an, nicht im Sinne Goethes gehandelt zu haben (*Goethe and Germany*; a.a.O., S. 39-47). Der Ägypter Taha Hussein Bey, Member of the Fouad 1st Academy of Arabic language, Cairo, rühmte

Goethe als erstes europäisches Genie, das eine tiefe Vertrautheit zwischen Ost und West bewirkte (*Goethe and the East*; a.a.O., S. 165-179): »Goethe was the first European genius to have attempted to establish a profound familiarity between the East and the West. In so doing, he succeeded in overcoming distance and differences, and in revealing the fundamental unity of the human spirit.« Der indische Philosoph und spätere Staatspräsident Sir Sarvepalli Radhakrishnan, Spalding Professor of Eastern Religions and Ethics, Oxford University, Chairman of the Universities Commission, Government of India, rief dazu auf, den Geist Goethes in den internationalen Beziehungen der Mächte lebendig zu erhalten; nie sei das nötiger als in Zeiten, wenn der ideologische Fanatismus die Gemüter zu verdunkeln drohe. (*Goethe*; a.a.O., S. 100-108: »[...] Never was there a time when it seemed more necessary that Goethe's spirit should be kept alive among us than now when international relations between the leading powers of the world are severely stained and when ideological fanaticism are darkening all wise counsel and extinguishing human sympathies [...] The values for which we stood ought to be valid for any form of society.« Die chilenische Lyrikerin und Nobelpreisträgerin Gabriela Mistral dichtete einen *Irdische Botschaft* betitelten Hymnus, in dem Goethe als Vater über den Himmeln und zwischen den Thronen der Herrschenden angerufen wird als Weltbaumeister von planetarischer Wirkung! Léopold Sedar Senghor, später Staatspräsident des Senegal, überschrieb seinen Beitrag *Goethe's message to the »New Negroes«* (a.a.O., S. 139-147). Er schildert, wie Goethes Gedichte ihm in einem Kriegsgefangenenlager für Farbige zur Offenbarung wurden, so daß er von ihm lernte, das vollkommene Gleichgewicht von Herz und Haupt zu erringen. Damals habe er erkannt, daß Goethe für die neuen Afrikaner eine Botschaft habe. Er habe ihn und seine Gefährten die Gefährlichkeit der kulturellen Isolation gelehrt, der Versuchung des Auf-sich-selber-Zurückfallens, des Irrtums, ausschließlich auf die eigene Rasse, die eigene Nation, die eigenen besonderen Qualitäten zu bauen. Goethes Diktum: »Jeder sei auf seine Art ein Grieche! Aber er sei's!«, gelte auch für die Schwarzen. Alle hier angeführten Beiträge von hohen Repräsentanten der ganzen Welt lassen erkennen, daß Goethe außerhalb der deutschen Grenzen oft besser verstanden wurde als von seinen eigenen Landsleuten. Gleichfalls erwähnenswert scheint es, daß die Beiträger, die Goethe hier ehrten, allesamt Demokraten waren. Warum feierten sie ihn auf so exorbitante Weise? Weil sie einen geistigen Begriff von Demokratie hatten.

4 André Suarès: *Goethe, le Grand Européen.* Paris: Editions Emile-Paul, 1932. Dort heißt es: »Goethe est le plus grand des Européens; il est aussi le premier, depuis Montaigne [...] Goethe est le grand médiateur. Il n'y a de salut pour l'Europe que dans l'esprit de Goethe. Mais il n'est pas possible que cet esprit s'éteigne, puisqu'il est celui de l'Europe même, et que l'Europe ne serait qu'un mot vide sans lui.« Suarès' Aufsatz *Goethe – l'Universel* war ein Beitrag zu der von André Gide zum 100. Todestag Goethes herausgegebenen Sondernummer *Hommage à Goethe* der *Nouvelle Revue Française*, Paris 1932. Erstaunlicherweise existiert Suarès' Buch, in dem Goethe als Repräsentant des europäischen Geistes erscheint, nirgends in der ›Kulturhauptstadt Europas‹ Weimar, d.h., weder in der Anna Amalia-Bibliothek, noch in den Bibliotheken der Goethe-Gesellschaft oder des Goethe- und Schiller-Archivs. Doch wird es auch im elektronischen Katalog des Deutschen Bibliotheksverbunds, zu dem alle wichtigen Bibliotheken Deutschlands gehören, nicht verzeichnet. Es scheint, die Nazis haben ganze Arbeit geleistet, dies Buch eines geistreichen Franzosen, in dem Goethe als Europäer gefeiert wird, verschwinden zu lassen.

5 André Gide bekannte (in der in Anm. 4 erwähnten *Hommage à Goethe* von 1932 auf S. 368), er verdanke Goethe mehr als irgendeinem anderen Menschen, ja als allen anderen zusammen: »[...] jamais encore je n'ai parlé directement de ce génie auquel, sans doute, je dois plus qu'à aucun autre, peut-être même qu'à tous les autres réunis [...] le rôle qu'il a joué dans mon développement intellectuel et moral, dans ma vie [...] a été considérable. Plus important sans doute que celui qu'il a pu jouer dans la vie de bien des Allemands, plus important que si j'avais été Allemand moi-même. Car, venu de plus loin, Goethe pouvait m'apporter davantage.« etc. – Ernst Robert Curtius übersetzte diesen Aufsatz und veröf-

fentlichte ihn u.d.T.: André Gide, *Leben mit Goethe*. in: *Neue Rundschau*, Jg. 1932, S. 514f. Bedauerlicherweise ist auch die von André Gide zum 100. Todestag Goethes herausgegebene Sondernummer *Hommage à Goethe* der *Nouvelle Revue Française*, Paris 1932 in den Weimarer Bibliotheken nicht vorhanden.

6 Paul Valéry rühmte Goethe emphatisch in einer Rede zum 100. Todestag an der Sorbonne vom 30. April 1932. Er schloß seine Rede mit den Worten: »[...] von Helena gerufen, erscheint er [...] durch die Zustimmung der Welt erhoben in den Rang der Allergrößten, unter die Väter des Gedankens und die Doktoren der Dichtung: PATER AESTHETICUS IN AETERNUM.« Hier zitiert nach Michael Engelhards Übersetzung in: Michael Engelhard, Ansprache bei der Enthüllung einer Kopie der Goethe-Büste von Pierre-Jean David d'Angers in Heidelberg am 5. Mai 1987, S. 5.

7 Vgl. die internationalen Würdigungen im Goethejahr 1949, vor allem die *Bicentennial Convocation* in Aspen/Colorado (veröffentlicht in: *Goethe and the Modern Age.* Edited by Arnold Bergsträsser. Chicago 1950) und die bereits erwähnte von der UNESCO in Paris 1949 in französischer und englischer Sprache herausgegebene *Hommage à Goethe.*

8 Brief vom 21. Juni 1794, in: Johann Gottlieb Fichte. Briefwechsel 1793-1795. Hg. von Reinhard Lauth und Hans Jacob unter Mitwirkung von Hans Gliwitzky und Manfred Zahn. Stuttgart-Bad Cannstatt 1970. S. 143.

9 *West-östlicher Divan, Suleika* »Nimmer will ich dich verlieren!«, FA I 3/1, 390.

10 Gerechtigkeitshalber sei hier nachgetragen, daß dem hervorragenden Goethekenner und Politikwissenschaftler Ekkehart Krippendorff die trefflichsten Darstellungen von Goethes staatsmännischen Überzeugungen und Leistungen zu verdanken sind. Besondere Erwähnung verdienen in diesem Zusammenhang die im Suhrkamp und Insel Verlag erschienenen Bücher: *Wie die Großen mit den Menschen spielen. Versuch über Goethes Politik* (1988) und *Goethe. Politik gegen den Zeitgeist* (1999) sowie die Kap. *Konfuzius in Weimar* und *Das Vorbild* in: *Schöpferische Unzufriedenheit. Ethische Politik von Sokrates bis Mozart* (1999). Zu nennen ist hier auch E. Krippendorff, *Leidenschaft aus Leiden an der Poli-*

tik: 1785-1995, in *Das Pathos der Deutschen*. Hg. von Norbert Bolz. Wilhelm Fink Verlag 1998. Bei allen diesen Publikationen geht es dem Verfasser darum, die politischen Einsichten Goethes für die Welt, in der wir leben, nutzbar zu machen. So liegt es in der Natur der Sache, daß seine Darstellungen auch außerordentlich Wichtiges zum Demokratie-Thema enthalten. Man kann nur wünschen, daß diese vorzüglichen Publikationen viele Leser und auch ihren Weg zu den deutschen Schulen und Universitäten finden.

11 Rede vom 3. Juni 1949 im Schauspielhaus Zürich zur Eröffnung der dortigen Goethe-Festwochen; am 13. Mai 1949 hatte T. M. sie schon anläßlich der Verleihung der Ehrendoktorwürde am Taylorian Institute in Oxford vorgetragen und auf englisch am 2. Mai 1949 als *Goethe and Democracy* im Coolidge Auditorium der Library of Congress in Washington. Die am 25. Juli 1949 in der Frankfurter Paulskirche und am 1. August 1949 im Deutschen Nationaltheater zu Weimar gehaltene *Ansprache im Goethejahr 1949* (engl. u. d. T. *Goethe's Life and Work* in: *Picture Post*, London, 27. 8. und 3. 9. 1949) ist nicht damit identisch.

12 In *Goethe. Politik gegen den Zeitgeist* kündigt E. Krippendorff eine Publikation über *Goethe und Thomas Jefferson* an; (sie soll bei der EVA in Hamburg in der Reihe der ›Duographien‹ erscheinen). Zum Demokratie-Thema dürfte gerade dieses Buch von besonderer Wichtigkeit sein, gilt doch ›der Weise von Monticello‹, der »the pursuit of happiness« als Menschenrecht in die amerkanische Verfassung einbrachte, noch heute in den USA als ›patron saint‹ der Demokraten. Wahrhaft demokratische Formen des Regierens und Miteinanderlebens lassen sich von Jefferson wie auch von Goethe lernen. Wäre Goethe wirklich mit Lili nach Amerika ausgewandert, woran beide 1775 dachten, so hätte er dort sicher eine ähnliche Rolle gespielt wie die ihm wesensverwandten ›Gründungsväter‹ Amerikas, denen zu Durchsetzung ihrer politischen Ideale weit mehr Spielraum zur Verfügung stand als Goethe in den allzu beengten Verhältnissen eines deutschen Zwergstaates damaliger Zeit.

13 Nicht an der Arbeitslosigkeit, nicht am Versailler Vertrag, nicht an der Inflation ist die erste deutsche Demokratie zugrunde gegangen, sondern weil die meisten Menschen noch

keine wirklichen Demokraten waren. Das führte zu Mord und Totschlag und schließlich zu Adolf Hitler. Die Deutschen wollten eben einen ›Ersatzkaiser‹ haben. Sie konnten mit der Demokratie nichts anfangen. Sie hatten nicht gründlich und ernsthaft genug Goethe gelesen. Alle wahren Demokraten der Weimarer Republik – Friedrich Ebert, Walter Rathenau, Gustav Stresemann – waren Goethe-Verehrer. Ihr Versuch, endlich einmal deutsche Politik auf den Geist Goethes zu gründen, ist jämmerlich gescheitert, nicht weil der Geist Goethes es nicht vermocht hätte, eine wahrhafte Demokratie zu gründen, sondern weil die Gegner der Demokratie diesen Geist haßten. Zu den Zerstörern der Weimarer Republik gehörte leider auch die konservative bis reaktionäre Bürgerschaft Weimars, die ihre undemokratische Gesinnung schon demonstrierte, als sie 1914 Henry van de Velde rausekelte, 1925 das Bauhaus hinauswarf und alle fortschrittlichen Ansätze kaputtmachte. Das Nichternstnehmen von Goethes politischer Ethik, seine »Entpolitisierung« war typisch für die deutsche Bourgeoisie insgesamt, die dadruch zur Stärkung der Nazis beitrug. Doch empfindet man den schamlosen Verrat Goethes an den »Führer« im Falle Weimars als besonders schmerzlich und daß ausgerechnet dort, noch in der Republik, die erste Landeshauptstadt mit einer Nazi-Regierung war, daß die Nazis und ihr Führer sich dort besonders wohl fühlten, das Gauforum bauten und dann Buchenwald.

14 *Noch ein Wort für junge Dichter*, FA I 22, 933.

15 Schiller, *Das Glück*, Vers 63 f.; Frankfurter Ausgabe, Bd. 1, S. 458.

16 *Zahme Xenien I,* »Ist denn das klug und wohl getan?«, FA I 2, 621.

17 Vgl die Schlußstrophe von Goethes Gedicht *Vermächtnis* (FA I 2, 686):

Und wie von Alters her, im stillen,
Ein Liebewerk, nach eignem Willen,
Der Philosoph, der Dichter schuf;
So wirst du schönste Gunst erzielen:
Denn edlen Seelen vorzufühlen
Ist wünschenswertester Beruf.

18 *Zahme Xenien VII*, FA I 2, 724.

19 Vgl. Goethes Brief an Johann Kaspar Lavater vom September 1780: »Das Tagewerck das mir aufgetragen ist, das mir täglich leichter und schwerer wird, erfordert wachend und träumend meine Gegenwart. Diese Pflicht wird mir täglich teurer, und darin wünscht ich's den grössten Menschen gleich zu tun, und in nichts grösserm. Diese Begierde, die Pyramide meines Daseins, deren Basis mir angegeben und gegründet ist, so hoch als möglich in die Luft zu spitzen, überwiegt alles andre und läßt kaum augenblickliches Vergessen zu. Ich darf mich nicht säumen, ich bin schon weit in Jahren vor, und vielleicht bricht mich das Schicksal in der Mitte, und der Babylonische Turm bleibt stumpf unvollendet. Wenigstens soll man sagen, es war kühn entworfen und wenn ich lebe, sollen, wills Gott, die Kräfte bis hinauf reichen.«

20 Vgl. Matth. 24, Luk. 29.

21 *Noch ein Wort für junge Dichter*, FA I 22, 934.

22 Maximen und Reflexionen, FA I 13, 187.

23 F*aust.* Der Tragödie Zweiter Teil. Akt 5, Vers 11575 f., FA I 7/1, 448.

24 Gespräch vom 7. April 1830. Vgl. FA II 38, 250.

25 Hans Carossa, *Wirkungen Goethes in der Gegenwart*. Leipzig 1938, S. 22: »Wenn ich über alle Sender der Welt verkündige, daß in den »Wanderjahren« Sätze stehen [...] von planetarischer Gültigkeit, Aussprüche, durch welche unsere Erde schöner, das Menschengeschlecht ehrwürdiger geworden ist, so werden mir vielleicht einige Tausende zuhören; wenn ich aber, über die nämlichen Sender hin, Goethe einer dunklen Tat bezichtige, so spitzen sich augenblicklich Millionen Ohren. Vortreffliche Männer haben immer wieder Zeit und innigen Fleiß geopfert, um die Lauterkeit von Goethes Charakter zu erweisen und das Unwahre der gegen ihn berichteten Vorwürfe darzutun. Sie verdienen den Dank der Nation; aber für uns, die wir Goethes innere Geschichte kennen, für uns wäre keine Ehrenrettung nötig [...] Geistreiche Wendungen ersinnen oder handfeste Versgebäude zimmern, dies kann auch ein Talent mit gemischtem Alltagsgewissen; aber jene Höhen, wo der tiefste Sinn, die strengste Satzung als freies Lied erklingen, die erfliegt keine Dichterseele, die sich ihr Saitenspiel durch finstere, tückische Gedanken be-

schwert hat [...] und wer berufen war, die Orphischen Urworte zu schreiben oder die »Selige Sehnsucht«, wer die Gesichte und Gesänge des Zweiten Faust im Herzen trug, der durfte nie auch nur eine Sekunde lang dem sinnlos Bösen hörig sein [...]«

26 Schiller an Charlotte von Schimmelmann, Weimar, den 23. November 1800 (Schillers Werke. Nationalausgabe, Bd. 30, Weimar 1961, S. 212 ff.).

27 Worte nach Goethes Tod in der Münchner Allgemeinen Zeitung vom 4. April 1832. Hier zitiert nach *Schellings Philosophie*. Für die Deutsche Bibliothek in einer Auswahl herausgegeben und eingeleitet von Otto Braun. Berlin 1919, S. 340.

Veröffentlichungen von Katharina Mommsen im Insel Verlag

J. W. Goethe, Märchen. Der neue Paris. Die neue Melusine. Das Märchen. Herausgegeben und erläutert von Katharina Mommsen. it 825. it 2287.

J. W. Goethe, Novellen. Herausgegeben und mit einem Nachwort versehen von Katharina Mommsen. Mit Federzeichnungen von Max Liebermann. it 425.

J. W. Goethe, West-östlicher Divan. Eigenhändige Niederschriften. Herausgegeben und eingeleitet von Katharina Mommsen. Zwei Bände.
Erster Band: Handschriften.
Zweiter Band: Einführung, Transkriptionen und Kommentar.
Numerierte und auf 1000 Exemplare limitierte Auflage. Leinen im Schuber.

Goethe-Lesebuch. Herausgegeben und mit einem Nachwort von Katharina Mommsen. it 1375.

J. W. Goethe, Die Kunst des Lebens. Zusammengestellt von Katharina Mommsen unter Mitwirkung von Elke Richter. it 2300.

Mommsen, Katharina, Goethe und die arabische Welt. Leinen.